NDR RADIO NIEDERSACHSEN

Der Spruch des Tages

VERLAG HANSEATISCHE EDITION

Liebe Leserin, lieber Leser,

in diesem Büchlein finden Sie eine der schönsten Sprüche-Sammlungen der letzten Jahre.
Sie finden Weisheiten für jede Lebenssituation, Sie finden Witziges, Kurioses, Philosophisches und Überraschendes.
Sie finden Sprüche von berühmten Denkern ebenso wie Sprüche aus dem Volksmund.

Alle diese Lebensweisheiten wurden als „Spruch des Tages" in Deutschlands beliebtestem Radioprogramm gesendet: Bei NDR1 Radio Niedersachsen.

Seit fast zwei Jahren warten tagtäglich Hundertausende von Hörern auf die kleinen Seelentröster, die dreimal am Tag gesendet werden, und die Nachfragen, diese Sprüche auch in Buchform zu veröffentlichen, wurden immer zahlreicher.

Nun ist das Buch da, und als zusätzlichen Augenschmaus gibt es die zauberhaften Bilder von Marlis Hoops.

Lassen Sie sich verwöhnen von einem einmaligen Buch.
Es ist ein Geschenk für die Seele.

Ihr Lutz Ackermann
Musik- und Unterhaltungschef von
NDR 1 Radio Niedersachsen

Für die Welt bin ich irgend jemand.
Aber für irgend jemand bin ich die Welt.

**Die drei Säulen des Erfolgs sind:
Etwas Sein, etwas Schein und
sehr viel Schwein.**

Philip Rosenthal

Geld allein macht nicht glücklich, es muß einem auch gehören.

Muttermilch ist nicht nur die beste Milch, sondern auch die Milch mit der schönsten Verpackung.

Lutz Ackermann

Wir meinen die Natur zu beherrschen, aber wahrscheinlich hat sie sich nur an uns gewöhnt.

Karl Heinrich Waggerl

Toleranz heißt, die Fehler
der anderen entschuldigen.
Takt heißt, sie gar nicht erst
zu bemerken.

Arthur Schnitzler

**Weil die Klügeren nachgeben,
herrschen so viele Dumme.**

Frauen lieben die einfachen Dinge des Lebens - beispielsweise Männer.

Farrah Fawcett

Glück ist die Fähigkeit zum Verzicht.

**Keiner ist unnütz -
er kann immer
noch als schlechtes
Beispiel dienen!**

Ein Kritiker ist eine Henne,
die gackert, wenn
andere legen.

Giovanni Guareschi

Wer zu allem
seinen Senf gibt, gerät
leicht in den
Verdacht, ein
Würstchen zu sein.

**Manchmal ist es das Klügste,
sich dumm zu stellen.**

Fairness ist die Kunst,
sich in den Haaren zu liegen,
ohne sich gegenseitig die
Frisur zu zerstören.

Gerhard Bronner

**Kleine Taten,
die man ausführt,
sind besser als große,
die man plant.**

George Marshall

Wer eine Bäuerin heiratet, muß ihr ein
Leben lang den Hof machen.

Gott schuf die Welt aus dem Nichts. Der Mensch befördert sie dorthin zurück.

Hanns-Hermann Kesten

Mancher läßt sich lieber durch Lob ruinieren, als durch Kritik retten.

Renata Tebaldi

Die meisten Menschen
brauchen mehr Liebe
als sie verdienen.

Marie von Ebner-Eschenbach

**Der Klügere gibt nach -
im dümmsten Augenblick.**

Gerhard Uhlenbruck

Man kann niemanden
überholen, wenn man in
seine Fußstapfen tritt.

Die medizinische Forschung
hat so enorme Fortschritte
gemacht, daß es praktisch
überhaupt keinen gesunden
Menschen mehr gibt.

Aldous Huxley

Bauchredner reden, wie ihnen der Nabel gewachsen ist.

Wenn du das Leben liebst, liebt es auch dich.

Lautsprecher verstärken die Stimme, nicht die Argumente.

Hans Kasper

Pessimisten sind Menschen, die sich über den Lärm beklagen, wenn das Glück bei ihnen anklopft.

Die meisten Frauen setzen
alles daran, einen Mann zu ändern.
Und wenn sie es geschafft haben,
mögen sie ihn nicht mehr.

Marlene Dietrich

**Willst du den Charakter
eines Menschen erkennen,
gib ihm Macht.**

Der Optimist sieht in jeder Schwierigkeit eine Gelegenheit - der Pessimist in jeder Gelegenheit eine Schwierigkeit.

Günter F. Gross

Wer unter dem Pantoffel steht, betreten durch das Leben geht.

Henning Venske

Die Menschen sind nicht immer, was sie scheinen, aber selten etwas Besseres.

Wenn man drei Augenzeugen über denselben Unfall gehört hat, beginnt man darüber nachzudenken, ob an der Weltgeschichte überhaupt etwas Wahres dran ist!

Elke Sommer

Wer glaubt, etwas
zu sein, hat aufgehört,
etwas zu werden.

Prinz Philip

**Wenn die Unfähigkeit
einen Decknamen braucht,
nennt sie sich Pech.**

Talleyrand

Wer mit seinem Latein
am Ende ist, sollte
Spanisch lernen.

Mut ist wie ein Regenschirm, wenn man ihn am dringendsten braucht, fehlt er einem.

Sommersprossen sind oft
die einzigen Gesichtspunkte,
die man hat.

Kannst du dein Haus nicht mehr erspähen,
wird es Zeit zum Rasenmähen.

Urlaubsreif ist man,
wenn man seinem Paßfoto
immer ähnlicher wird.

Lutz Ackermann

Auch Glatzköpfe haben Glückssträhnen.

Die Ahnung der Frau
ist meist zuverlässiger als
das Wissen des Mannes.

Das beste Mittel, um getäuscht zu werden, ist, sich für schlauer zu halten als andere.

La Rochefoucauld

An den wärmsten Plätzen sitzen oft die Unverfrorensten.

Die besten Erzieher waren schon immer die Kinderlosen.

Werner Mitsch

Gläubiger haben ein besseres Gedächtnis als Schuldner.

Benjamin Franklin

Alt ist man erst dann, wenn man an der Vergangenheit mehr Freude hat als an der Zukunft.

John Knittel

Wer in die Fußstapfen anderer tritt, hinterläßt keine eigenen Spuren.

Ein Mann trägt eine Frau solange auf Händen, bis er merkt, daß sie ihn auf den Arm nimmt.

Fährt man rückwärts an den Baum, verkleinert sich der Kofferraum.

Der Nachteil am Nichtstun ist, daß man nie weiß, wann man fertig ist.

Man soll nicht dem Leben
Jahre hinzufügen,
sondern den Jahren Leben.

Ehrtfried Böhm

Ein Optimist ist
ein Mensch,
der in Kuckucksuhren
nach Eiern sucht.

Die besten
Entdeckungsreisen
macht man nicht in
fremden Ländern,
sondern indem man
die Welt mit neuen
Augen betrachtet.

Marcel Proust

Ein bißchen Eifersucht ist
das Salz in der Suppe.
Aber man kann bekanntlich
eine Suppe auch versalzen!

Alberto Sordi

**Die Welt entwickelt sich.
Was gestern falsch war, kann
morgen richtig sein.**

Die längste Lehrzeit
ist das Leben.

Es ist klüger, offene Türen einzurennen als mit dem Kopf durch die Wand zu wollen.

Menschen, die nicht
groß sind, machen sich
gerne breit.

Es ist schon gemein,
daß wir meist dann
blaß werden, wenn wir
Farbe bekennen müssen.

**Ein Flirt ist wie eine
Tablette - niemand kann
die Nebenwirkungen
voraussagen!**

Cathérine Deneuve

Gib einem Hungernden einen Fisch, und er wird einen Tag satt. Gib ihm eine Angel, und er wird ein lebenlang satt.

chinesische Weisheit

Nicht jeder, der
aus dem Rahmen fällt,
war im Bilde.

Curt Goetz

Lieber ein
Reihenhaus als ein
Luftschloß.

Wer glaubt, daß ein Abteilungsleiter eine Abteilung leiten kann, glaubt sicher auch, daß ein Zitronenfalter Zitronen falten kann.

Die meiste Energie verbringt
der Mensch mit der Lösung
von Problemen, die niemals
auftreten werden.

**Mit einer geballten
Faust kann man keinen
Händedruck austauschen.**

Indira Gandhi

**Aufstehen am Morgen
bringt Kummer und
Sorgen.**

Manch einer ist so geizig,
daß er nur auf Kosten
anderer lacht.

Männer, deren Frauen die Hosen anhaben, haben in der Regel Freundinnen, die Pelzmäntel tragen.

Nichts auf der Welt
ist so schwer zu halten
wie der Mund.

Ewald Balser

In der Liebe fängt es manchmal mit
Blumen an und hört mit Tiernamen auf.

Wenn Menschen sagen,
sie hätten ihr Herz
verloren, ist es meistens
nur der Verstand.

**Wer im Glashaus sitzt,
muß mit Steinen rechnen.**

So mancher meint,
ein gutes Herz zu haben,
und hat nur
schwache Nerven.

Marie Ebner-Eschenbach

Wer verlangt, daß mit offenen Karten gespielt wird, hat gewöhnlich alle Trümpfe in der Hand.

Karriere ist etwas herrliches,
aber man kann sich in einer kalten
Nacht nicht an ihr wärmen.

Marilyn Monroe

Niemand weiß alles, einige wissen vieles, aber viele wissen alles besser.

Ärzte haben den besten von allen Berufen: Ihre Erfolge laufen herum, ihre Mißerfolge werden begraben.

Jacques Tati

Im Falle eines Falles,
ist richtig fallen alles.

**Wenn zwei sich streiten,
freut sich der Anwalt.**

Jeder Gast bringt
Freude mit sich - wenn
nicht beim Kommen,
dann beim Gehen.

Wer sich zu wichtig für kleine Arbeiten hält, ist meistens zu klein für wichtige Arbeit.

Jacques Tati

Wie kommt es, daß am Ende des Geldes oft noch soviel Monat übrig ist?

Für kein Tier tut der Mensch mehr als
für die Katz'.

Geld sollte man sich
grundsätzlich nur von
Pessimisten leihen -
sie rechnen nicht damit,
es wiederzubekommen!

Gebildet ist, wer
weiß, wo er findet,
was er nicht weiß.

Georg Simmel

Jedenfalls ist es besser, ein eckiges Etwas zu sein als ein rundes Nichts.

Friedrich Hebbel

Junggesellen sind
Männer, die nur halb
aufs Ganze gehen.

Tatjana Sais

Ihr nehmt teil an allem Neuen
und laßt alles beim Alten.

**In eigener Sache ist
jeder ein milder Richter.**

Man sollte kein langes
Gesicht machen, sonst hat
man soviel zu rasieren.

Fernandel

**Wer recht behalten will,
bleibt allein. Erst recht,
wenn er wirklich recht hat.**

Liv Kortina

Erfahrung ist eine strenge Lehrmeisterin: Sie stellt erst die Prüfungsfragen und erteilt dann den Unterricht.

Kein Wunder, daß die Frau
den Boden unter den Füßen
verliert, wenn sie sich auf
Händen tragen läßt.

Kinder sind nicht dümmer als Erwachsene, sie haben nur weniger Erfahrung.

Janusz Swift

Auch die gute alte Zeit war irgendwann
einmal die schlechte neue Zeit.

Martin Held

Jeder will lange leben,
aber keiner will alt sein.

Jonathan Swift

**Wer im Glück badet,
zieht nicht gern den
Stöpsel aus der Wanne.**

Jahre runzeln die Haut,
den Enthusiasmus aufgeben,
runzelt die Seele.

Albert Schweizer

Es ist ein Merkmal
gesetzten Alters,
wenn man von zwei
Versuchungen jene
wählt, die es erlaubt,
um neun Uhr wieder
zu Hause zu sein.

Ronald Reagan

Eine Familie ist in Ordnung,
wenn man den Papagei
unbesorgt verkaufen kann.

Will Rogers

**Ein Pessimist ist ein Mensch,
der sich bei der Wahl
zwischen zwei Übeln für
beide entscheidet.**

Werner Neubert

Wenn die Pflicht ruft, gibt es
viele Schwerhörige.

schottisches Sprichwort

Lieber Kleingeld als kein Geld.

Alle wollen zurück zur Natur
- nur nicht zu Fuß.

Werner Mitsch

Erfahrungen sind
Erinnerungen, die man
teuer bezahlen muß.

**Ein Zahnarzt ist ein
Mensch, der von der
Hand im Mund lebt.**

Robert Lembke

Flirt ist die Kunst, einer Frau in die Arme zu sinken, ohne ihr in die Hände zu fallen.

Sascha Guitry

Wer abnehmen will,
sollte den Mund nicht
zu voll nehmen.

Manches ist zu wahr, um schön zu sein.

Wenn einem jemand zu
Füßen liegt, ist man oft
gezwungen, auf der
Stelle zu treten.

Robert Lembke

Die leichteste aller Jagdveranstaltungen ist die Suche nach dem Sündenbock.

Das Gewissen schläft manchmal, aber es spricht auch im Schlaf.

Der Mittwoch müßte so heilig gesprochen werden, daß man zwei Tage vorher und zwei Tage nachher nicht arbeiten darf.

Die Erinnerungen sind das einzige Paradies, aus dem wir nicht vertrieben werden.

Jean Paul

Das erste, was unsere Kinder in der Schule lernen, ist, daß andere Kinder mehr Taschengeld bekommen als sie!

Lieber mit allen
Wassern gewaschen
als nicht ganz sauber.

Jonathan Swift

Auch Vegetarier beißen nicht gerne ins Gras.

Beim Denken ans Vermögen leidet oft das Denkvermögen.

Aller Umfang ist schwer.

Michael Thürnau

Lieber spät und richtig als nie und falsch.

Matthias Müller-Michaelis

Die schwierigste Turnübung ist immer noch, sich selbst auf den Arm zu nehmen.

Werner Finck

Was du heute kannst besorgen,
kannst du dir morgen sicher
nicht mehr leisten.

**Nichts ist so schlecht,
daß es nicht auch eine
gute Seite hätte.**

**Montags fühle ich
mich immer so wie
Robinson Crusoe:
Ich warte auf Freitag.**

Wenn die Ehe nicht wäre,
müßten Mann und Frau mit
wildfremden Leuten streiten.

Dem Alltagsstreß kann man entgehen,
vermeidet man es aufzustehen.

Man sollte niemals die Zeit
totschlagen - es könnte sein,
daß sie sich revanchiert!

**Sprüche lassen sich
leichter klopfen als Steine.**

Karl Garbe

Man muß nicht in der
Bratpfanne gelegen
haben, um über ein
Schnitzel zu schreiben.

Maxim Gorki

Suchen ist gefährlich - man
entdeckt manchmal etwas,
was man gar nicht finden wollte.

Not macht
erfinderisch - und die
Liebe auch.

Lernen ist wie Rudern gegen
den Strom - sobald man aufhört,
treibt man zurück.

chinesisches Sprichwort

**Man sollte aus den Fehlern
der anderen lernen, denn
kein Mensch hat soviel Zeit,
sie alle selbst zu machen.**

Mancher Mann bleibt nur aus Bescheidenheit Junggeselle: Er will einfach keine bessere Hälfte.

Mikrophone sind das einzige, was sich Politiker gern vorhalten lassen.

Frank Elstner

Feigheit heißt nur
bei anderen so.
Bei uns ist das Einsicht.

Wenn es leise an
Deine Tür klopft, öffne!
Es ist das Glück! Wenn es
laut an Deine Tür klopft,
sind es Verwandte.

Viele arbeiten nach der Katzenmethode:
Leise zur Arbeit schleichen, die Pfoten auf
den Schreibtisch legen und dann auf die
Mäuse warten.

Lutz Ackermann

Erfahrung ist ein Arzt,
der erst nach der
Krankheit kommt.

**Leute, die spinnen,
kriegen sich leicht
in die Wolle.**

Ein Urteil läßt sich widerlegen,
aber niemals ein Vorurteil.

Marie Ebner-Eschenbach

**Fahre nicht aus der Haut,
wenn du kein Rückgrat hast.**

Stanislaw Lec

Die Hälfte der Kümmernisse dieses Lebens kann darauf zurückgeführt werden, daß man zu schnell ja oder nicht früh genug nein sagte.

Josh Billings

Wenn ein Mädchen
heiratet, tauscht es die
Aufmerksamkeit vieler
Männer gegen
die Unaufmerksamkeit
eines einzigen.

Helen Rowland

**Wirklich diplomatisch
sind die Leute, die offen
aussprechen, was sie
gar nicht denken.**

Wir arbeiten nach der
Jeans-Methode:
An jeder Schwachstelle
sitzt eine Niete.

**Besser Wein, Weib und
Gesang, als Bier,
Männer und Gebrüll.**

Flugangst ist: Frühstück in
Paris, Mittagessen in New
York, Gepäck in Tokio.

Das Gedächtnis ist ein
sonderbares Sieb:
Es behält alles Gute von
uns und alles Schlechte
von den anderen.

Wieslaw Brudzinski

**Enthaltsamkeit ist das
Vergnügen an Dingen,
welche wir nicht kriegen.**

Wilhem Busch

Wer den Hafen der Ehe ansteuert, tut gut daran, erst eine Hafenrundfahrt zu buchen.

Ein Gentleman ist ein Mann, der eine Frau so lange beschützt, bis er mit ihr allein ist.

Mary Collins

Es gehört oft mehr Mut dazu, seine Meinung zu ändern, als ihr treu zu bleiben.

Friedrich Hebbel

Neid sieht nur das
Blumenbeet, aber
nie den Spaten.

**Die Regeln machen wir für andere,
die Ausnahmen für uns selbst.**

Wer heute den Kopf
in den Sand steckt,
knirscht morgen mit
den Zähnen.

Daß die Kinder erwachsen
sind, merkt man daran,
daß sie nicht mehr fragen,
woher sie kommen - und nicht
mehr sagen, wohin sie gehen.

Die wenigsten Fehltritte begeht man mit den Füßen.

Keine Grenze verlockt
mehr zum Schmuggeln
als die Altersgrenze.

Karl Kraus

Die gebräuchlichsten Nutztiere sind immer noch die Sündenböcke.

Manche Leute drücken nur deshalb ein Auge zu, damit sie besser zielen können.

Billy Wilder

Wenn die Zeit kommt, in der man könnte, wie man wollte, ist die vorüber, in der man kann, wie man will.

Wir sitzen alle in einem Boot, nur die einen angeln, und wir rudern.

Der Könner macht seine Fehler, wenn keiner guckt.

Die Welt ist rund -
nur dann und wann
bezweifelt man's
und eckt an.

Lieber Kies in der Tasche als
Sand im Getriebe.

**Genie ist ein Prozent
Inspiration und neunundneunzig
Prozent Transpiration.**

Thomas Alva Edison

Kosmetik ist die Kunst,
aus der Not eine
Jugend zu machen.

Hanns-Hermann Kesten

Gegen Liebe auf
den ersten Blick hilft
nur der zweite.

**Der Vorteil der Klugheit
besteht darin, daß man
sich dumm stellen kann.**

Kurt Tucholsky

Wer den Himmel auf Erden
sucht, hat in Geographie
geschlafen.

Grete Weiser

Lebenskünstler sind Menschen, die nicht nur Zeit für das Notwendige, sondern auch für das scheinbar Überflüssige haben.

Friedl Beutelrock

Wir mögen Menschen,
die frisch heraussagen,
was sie denken – falls sie
dasselbe denken wie wir.

Mark Twain

Illustrationen
Marlis Hoops

1. Auflage Oktober 1997
2. Auflage Dezember 1997

HANSEATISCHE EDITION GMBH
Mühlenkamp 31
22303 Hamburg
Telefon: 040/279 10 05

ISBN 3-921 554-95-0

Sonja Marlin
MIT ZÄRTLICHER GEWALT
Gedichte

Liebe ist...
...etwas zwischen Frau und Mann, das man nicht verhindern kann.

ISBN 3-921 554-72-1
DM 16,80

Sonja Marlin
LIEBER GOTT, DU ALTER SCHLINGEL
Gedichte

Gedichte über Gott, die Welt, die Menschen und die Verzwicktheit ihrer Gefühle.

ISBN 3-921 554-74-8
DM 16,80

Sonja Marlin
MÄRCHENPRINZ UND GUMMIBÄR
Gedichte

Verse über Höhen und Tiefen der Mann-Frau-Beziehung zum Erheitern und Wiederaufrichten.

ISBN 3-921 554-70-5
DM 16,80

Sonja Marlin
DAS GLÜCK IST WIE EIN SCHMETTERLING
Gedichte

Glück und Schmerz, Lachen und Weinen – Gefühle sind wie Schmetterlinge.

Ein Muß für jeden Sonja Marlin Freund.

ISBN 3-921 554-76-4
DM 16,80

Sonja Marlin
VON MENSCHEN UND SCHWEINEN UND DEM LIEBEN GOTT
Gedichte

Himmelhochjauchzend –
zu Tode betrübt, alltägliche Unzulänglichleiten...
und immer wieder das Lachen

ISBN 3-921 554-80-2
DM 16,80

HANSEATISCHE EDITION GMBH, Mühlenkamp 31, 22303 Hamburg, 040/279 10 05